Daniel Watson

Der Fluch der Terrakotta Krieger

von

Madison S. Archer

© 2014 Madison S. Archer
Alle Rechte vorbehalten
Herstellung und Verlag:
Books on Demand GmbH, Norderstedt
ISBN 978-3-7357-5674-9

Prolog

Seit Jahren bereisen sie die Welt. Sie besuchen Ausstellungen. Sie werden bestaunt und bewundert. Und sie bewegen sich nicht. Es handelt sich um Männer in altertümlichen Uniformen. Tönerne Männer in altertümlichen Uniformen. Die Männer, von denen hier die Rede ist, gehören der etwa 7000 Mann starken Terrakotta-Armee von Chinas erstem Kaiser Qin Shi an. Sie wurden gemeinsam mit ihrem Herrn begraben. Es handelt sich dabei um beinahe lebensgroße Tonfiguren, die Männer in unterschiedlichen Kriegstrachten mit voller Bewaffnung zeigen. Die Frage ist nur, waren es wirklich nur Tonfiguren?
Oder ist vielleicht doch alles ganz anders?

An einem regenverhangenen Novembertag saß Daniel Watson, ein Detective der New Yorker Mordkommission in einem Vorzimmer des Oval Office und dachte über seine unbestimmte Zukunft nach. Das heißt, ... zuerst saß er noch. Doch je länger es dauerte, umso unruhiger wurde er. Schließlich stand er auf, streckte seine hochgewachsene, schlanke Gestalt, wobei er schmerzhaft die heilende Schussverletzung an seiner linken Schulter wahrnahm, und begann, im Zimmer umher zu wandern.

Sich der Überwachungskamera bei jedem Schritt bewusst, blieb er hin und wieder am Fenster stehen, schob die Gardine ein Stück beiseite und sah in das triste, dunkler werdende, Grau hinaus. Vor seinem geistigen Auge tauchten Bilder der letzten Wochen auf und es schien ihm hundert Jahre her zu sein.

Er sah alles genau vor sich. Es begann an einem Donnerstag, kurz vor halb Acht Uhr am Morgen.

X

// Es war ein Tag so wie dieser. Trübe, grau, regnerisch. Doch Akiko wirbelte durch das Zimmer und sofort schien die Sonne.

Akiko das ist meine Verlobte. Sie ist die Tochter meines Sensei und sie ist mit Abstand die jüngste Archäologieprofessorin in der Geschichte des archäologischen Institutes von New Jersey.

Wir kannten uns bereits als Kinder. Irgendwie hatte ihr Vater einen Narren an mir gefressen und mich gewissermaßen adoptiert. Ich kann mir bis heute keinen Reim darauf machen, weshalb er von allen Streunern auf der Straße ausgerechnet mich ausgesucht hatte.

Ich hatte keine besonders rosige Kindheit. Mein Vater hat meine Mutter oft verprügelt. Ich lief ein paar Mal von Zuhause fort und landete schließlich im Heim. Doch auch da konnten sie mich nicht lange halten. Und auf der Straße musste ich stehlen, um Geld für die nächste Mahlzeit zu haben. Dann geriet ich an Sensei Lee.

Lee Murasaki betrieb ein Dojo irgendwo in der 106ten Straße. Ich klaute seine Brieftasche und er hat mich dabei erwischt. Doch anstatt die Polizei zu rufen, wie Andere es getan hätten, oder mich zu verprügeln, bat er mich um das Foto seiner kleinen Tochter, das in der Brieftasche steckte. Ich war sprachlos und so verlegen, dass ich ihm die Brieftasche zurückgab. Er nickte zufrieden, sagte es gäbe noch Hoffnung für mich und nahm mich mit nach Hause. Zuerst gab er mir Essen und saubere Kleidung und dann ein richtiges Zuhause. Ich habe mich seitdem bemüht, ihn nie zu enttäuschen.
Was er jetzt wohl von mir halten mag?

Jedenfalls wirbelte Akiko so durchs Schlafzimmer mit einer Einladung zur Premiere einer neuen Ausstellung des Archäologischen Museums in der Hand während ich vor dem Badezimmerspiegel mit meiner Krawatte kämpfte. Irgendwie wollte der Knoten an diesem Tag nicht so wie ich.

„Sie ist hier", rief sie völlig außer Atem. „Ich hab es tatsächlich geschafft!"

„Wer ist hier? ... Hast du schon wieder Gäste eingeladen, Liebling?" Ich gab es auf. Dann blieb die Krawatte heute eben im Schrank.

Akiko lächelte nachsichtig, legte das Briefkuvert mit der hellblauen Einladungskarte neben das Waschbecken und half mir mit geübten Fingern, die Krawatte zu richten. „Warum tragt ihr Männer eigentlich solche Dinger, wenn ihr nicht damit umgehen könnt?", frotzelte sie.

Ich gab ihr einen Kuss auf die Nasenspitze und antwortete in demselben Ton, „damit wir wenigstens einmal am Tag in das lächelnde Gesicht unseres lieben Frauchens sehen können, meine Butterblume."

Sie boxte mich freundschaftlich in die Seite und wurde wieder ernst. Mit einem Augenwink deutete sie auf die Einladungskarte. "Ich habe dir doch von der Terrakotta Armee erzählt, die sie in Xi An in China ausgegraben haben. Die chinesische Regierung schickt Leihgaben zu Ausstellungen auf der ganzen Welt. Und sechzig dieser Figuren sind vor ein paar Tagen unter größter Geheimhaltung im Museum angekommen. Sie werden ab nächstem Wochenende im Archäologischen Museum ausgestellt. Und als führende Kapazität für den asiatischen Raum im Allgemeinen und die Quin Dynastie im Besonderen werde ich zusammen mit dem Direktor und dem Bürgermeister ein paar Worte an die Gäste richten."

Wir führten die Unterhaltung beim Frühstück weiter.

„Was ist so besonderes an diesen Tonfiguren?", fragte ich, während ich mit der einen Hand Kaffee einschenkte und mit der anderen nach dem Toast angelte.

„Was so Besonderes daran ist?", Akiko warf mir einen entrüsteten Blick zu. „Das Geheimnis natürlich."

„Geheimnis. ... !?"

„Es sind über sechstausend Mann in original Uniformen, na ja eigentlich Rüstungen, die aussehen, als ob sie eben vom Exerzierplatz kämen. ... Es scheint fast so, als ob sie sich aufgestellt hätten und dann durch irgendeine höhere Kraft zu Ton versteinert wurden. ... Okay, sie sind dann wohl auch etwas verkleinert worden. Die meisten Figuren sind nicht größer als ein Meter zwanzig. ... Aber ... Ist das nicht aufregend?"

„Und wieso brauchst du eine Einladung, wo du doch für das Museum arbeitest?"

„Nicht doch ... Die Einladung ist für dich. ... Die war gar nicht einfach zu bekommen. ... du kommst doch hin, oder?"

„Kann ich jetzt noch nicht sagen. ... du weißt, dass ich einen neuen Fall bearbeite. ... Und das ist diesmal eine echt harte Nuss. Bis jetzt kann ich mir noch keinen Reim drauf machen. Und du kennst ja den Chief. Dem sitzt der Bürgermeister im Genick, also sitzt er mir im Genick."

Akiko wurde ernst. Es kam selten vor, dass wir über meine Arbeit sprachen. Ich versuchte immer, sie da raus zu halten. „Um was geht es denn bei dem Fall?" So war Akiko. Immer bereit auf mich einzugehen und ihre Belange hinten an zu stellen.

„Zwei Tote in zwei Nächten hintereinander, die irgend Jemand im East River entsorgt hat. Das ist jedenfalls die offizielle Version."

„Und die Inoffizielle?"

„Wenn die Presse wüsste, was die beiden Leichen gemeinsam haben, würden sie wieder Panik machen, über einen neuen Serienmörder spekulieren und damit die öffentliche Hysterie anheizen."

„Was haben sie denn gemeinsam?"

„Irgendjemand hat ihnen bis auf den letzten Tropfen das ganze Blut abgezapft."

„Abgezapft? Bist du sicher?"

„Das sagt jedenfalls unser Gerichtsmediziner. Doktor Banks. .. du erinnerst dich ... Ihr seid Euch mal begegnet, als du mich im Büro zum Essen abgeholt hast. ... Er hat nachgewiesen, dass den beiden eine Kanüle in die Halsarterie eingeführt wurde und sie auf die Art ausgeblutet sind. ... Und was das Schlimmste ist, ... er sagte, dass die beiden bis zuletzt bei vollem Bewusstsein gewesen sein müssen."

„Könnte das vielleicht irgendeine neue Form von Vampirkult sein? ... So wie dieser Typ letztes Jahr, der sich einbildete ein Vampir zu sein und seine Nachbarin gebissen hat?"

„Der war einfach nur verrückt. Außerdem hat er seine Nachbarin nicht getötet. ... Im Übrigen habe ich schon im Internet recherchieren lassen. Die meisten bekannt gewordenen Fälle von Vampirkult haben alle die gleiche Eigenart. ... Jeder dieser „Vampire" ist einer bestimmten Blutgruppe treu. ... Mir ist es gar nicht aufgefallen, aber Doktor Banks, als ich mich mit ihm beraten habe."

„Und?"

„Und unsere beiden Opfer haben unterschiedliche Blutgruppen. ... Der erste hatte A und der zweite B."

„Und wenn genau das der sogenannte rote Faden ist? Dann würde nur noch einer mit AB und einer mit 0 fehlen."

„Verdammt, du hast Recht. Und wenn man noch den Rhesusfaktor dazu nimmt, dann können wir noch mit zwei bis sechs weiteren Toten rechnen. ... Also doch ein Serienmörder."

Das Telefon klingelte und Akiko ging ran. Schlagartig wich der Sonnenschein aus ihrem Gesicht. Als sie aufgelegt hatte, verfiel sie in plötzliche Hektik. Sie schlang ihren Toast hinunter und schüttete den Kaffee hinterher.

„Was war denn los?"

„Die Statuen. ... Es fehlen drei. ... Ich muss sofort zum Museum."

Das war der Morgen, mit dem alles anfing. Jedenfalls soweit ich mich daran erinnere. //

X

Im Büro angekommen, berief Daniel sofort eine Besprechung seines Teams ein um alle über die mögliche Wendung in ihrem Fall zu informieren. Bei dem Gedanken an einen Serienmörder war keiner besonders begeistert. Doch fingen sie an, Gemeinsamkeiten zwischen den Opfern zu suchen. Denn wenn es ein Serienmörder war, mussten irgendwo Gemeinsamkeiten sein.

Das Ganze gestaltete sich äußerst schwierig. Wie sollte man der Witwe eines Geschäftsmannes mit zwei kleinen Kindern sagen, dass man eine Gemeinsamkeit ihres Mannes mit einem Obdachlosen suchte, der bereits seit mehreren Jahren auf der Straße lebte? Diese beiden Männer hätten unterschiedlicher gar nicht sein können.

Nachdem sie den ganzen Tag Zeugenaussagen und Fundort- und Autopsie-Fotos gesichtet hatten, rauchte Daniel gewaltig der Schädel. Er ging zur Kaffeemaschine in der Ecke, schenkte sich eine Tasse ein und schlenderte damit in die Mitte des Büros. Er zog sich einen Stuhl herbei, stellte ihn so auf, dass man von der Position auf die Wandtafel mit den Daten der Beweisaufnahme sehen konnte und setzte sich, die Arme lässig vor sich über der Stuhllehne verschränkt. Während er die ersten Schlucke Kaffee die Kehle hinunter rinnen ließ, schweifte sein Blick eher zufällig über einige der Fotos. In diesem Augenblick rückte plötzlich ein Detail in seinen Fokus, das die ganze Zeit über eher am Rande der allgemeinen Aufmerksamkeit herum gedümpelt war.

Er stellte seine Tasse einfach neben den Stuhl auf den Boden, stand auf und näherte sich der Tafel, wie ein Tiger, der sich an seine Beute an schleicht. Auf mehreren Fotos war im Hintergrund ein weißer Lieferwagen zu sehen.

Augenblicke später waren bereits mehrere Beamte mit Leselupen damit beschäftigt, die Aufschriften auf den Lieferwagen, bzw. die Nummernschilder zu entziffern.

Es war jedes Mal ein Lieferwagen einer Chinesischen Schnellwäscherei, die für kleinere Hotels arbeitete, für die es sich nicht lohnte, eine eigene Wäscherei im Hause zu unterhalten.

Und jetzt wurde es erst richtig mysteriös. Als sie den Namen der Wäscherei in den Computer eingaben, stellte sich heraus, dass ein Wagen der gleichen Wäscherei auch am Tatort des Diebstahls der Terrakotta-Figuren gesehen wurde.

X

In einer stillgelegten LKW-Waschanlage in der Nähe der Docks fand derweil eine etwas andere Zusammenkunft statt. Sechs Männer, drei davon auf tönernen Füßen, standen in einem Nebenraum einer größeren Lagerhalle. Die drei Tonfiguren standen in flachen Ölwannen. Nur dass die Wannen diesmal Blut enthielten. ... Menschliches Blut. Einer der drei Männer, die alle recht breite Gesichter mit geschlitzten Augen aufwiesen, war einem Tobsuchtsanfall gefährlich nahe. „Wir haben alles genau so gemacht, wie es in den Anweisungen stand und nichts … aber auch gar nichts … ist passiert. … So langsam läuft uns die Zeit davon. … Der Boss will Resultate sehen. Und wenn er die nicht kriegt, wird einer dafür bezahlen müssen. … Und das werde ganz bestimmt nicht ich sein."

„Wir wissen doch gar nicht, was der damals für eine Blutgruppe gehabt hat."

Der offensichtliche Anführer dieser zweifelhaften Runde drehte sich auf dem Absatz um und schlug seinem Handlanger mit der flachen Hand gegen den Hinterkopf. „Du Idiot. Glaubst du, dass die sich vor tausenden von Jahren Gedanken über Blutgruppen gemacht haben?"

„Nein, das nicht", der Geschlagene rieb sich den Kopf. „Aber nur weil man damals von so was noch keine Ahnung hatte, muss er doch trotz dem eine gehabt haben." Es senkte den Kopf und ging respektvoll einen Schritt rückwärts.

„Du könntest Recht haben. … Zumindest klingt es logisch. … So viel Hirn hätte ich dir gar nicht zugetraut. … Also gut. Dann bringt mir neues Blut. … Und betet, dass es diesmal die richtige Blutgruppe ist." Sein Gesicht wurde zu einem diabolischen Grinsen. ‚Und wenn es klappt, werde ich garantiert nicht so blöd sein, sie dem Boss zu bringen', dachte er böse. ‚Dann werden wir sehen, wer der neue Machthaber in diesem Teil der Stadt sein wird. … Und dann … Warte nur ab Amerika'. Er gab sich seinen wirren Träumen hin. Außer der drei Statuen war niemand da, der ihn dabei hätte beobachten können.

X

// Die Ermittlungsarbeit der Polizei besteht zum größten Teil aus langweiliger Routine, wie dem Lesen irgendwelcher Unterlagen. In diesem Fall versuchten wir Gemeinsamkeiten, zwischen den beiden Opfern zu finden.

Mitten in diese langweilige Routine platzte die Nachricht des Fundes einer weiteren Leiche. Der Fundort der Leiche war der gleiche, wie bei den beiden Anderen. Und auch das zweite Detail stimmte. Die Leiche war ausgeblutet, bis auf den letzten Tropfen. Und da wir dieses Detail bisher der Presse unterschlagen hatten, waren wir sicher, dass es sich nicht um einen Trittbrettfahrer handelte.

Also war Eile geboten. Der Täter war womöglich noch in der Nähe. Ich sah meinen Partner auffordernd an und angelte im Gehen das Holster mit meiner Waffe aus der Schreibtischschublade.

Den Weg zur Tiefgarage legten wir schweigend zurück. Jeder hing seinen eigenen Gedanken nach. Als sich im Erdgeschoss die Fahrstuhltüren öffneten, erhaschte ich für einen kurzen Augenblick den Blick von Akiko, die dort mit einem Kollegen des Organisierten Verbrechens in der Lobby stand. Und dieser Blick sah ziemlich verzweifelt aus. So hatte ich Akiko noch nie gesehen. ... Leider blieb mir keine Zeit, länger darüber nachzudenken, denn wir hasteten in der Tiefgarage bereits zu unserem Wagen und fegten die Ausfahrt hinauf auf die Straße. Zum Glück war um diese Uhrzeit nur wenig

Verkehr, so dass wir unser Ziel relativ schnell erreichten.

Zu aller erst hielt ich beim Eintreffen nach einem weißen Lieferwagen Ausschau. Und meine Intuition hatte mich nicht betrogen. Er stand da, kaum hundert Meter entfernt, und es schien beinahe so, als ob er zur Kulisse gehören würde. Nichts deutete darauf hin, dass er in irgendetwas Verdächtiges verwickelt sein könnte.

Ich schickte meinen Partner los, den Lieferwagen routinemäßig zu überprüfen. Es stellte sich heraus, dass sich die Wäscherei ein paar Blocks weiter befand und die Fahrer des Wagens hier ihre Pause verbrachten, was sie mit ein paar Pappschachteln chinesischen Essens beweisen wollten. ... Selbstverständlich hatten sie nichts Verdächtiges bemerkt.

In der Gerichtsmedizin erhielten wir dann genau die Information, die dem Fall die entscheidende Wendung gab. Die Leiche hatte die Blutgruppe AB. Somit hatten wir es eindeutig mit einem Serientäter zu tun. Oder wenn wir Pech hatten, sogar mit mehreren.

Was dann folgte, war wieder Routine, doch diesmal alles Andere als langweilig. Für die Recherche im Internet hatten wir einen speziellen Mitarbeiter, der von allen nur „Mouse" genannt wurde. ... Er war ein echter Freak, saß beinahe vierundzwanzig Stunden vor diesem eckigen Kasten und spuckte auf Anfrage Informationen aus. Er ernährte sich hauptsächlich von Hot Dogs, Hamburgern und Donuts, die ihm die Kollegen quasi als Trinkgeld unter die Nase hielten, wenn sie ihren eigenen Fall bevorzugt bearbeitet haben wollten. Meiner Meinung nach hätte ruhig auch die eine oder andere Flasche Duschgel darunter sein dürfen. Denn manchmal roch Mouse, als ob er seit Wochen nicht geduscht hätte. ... So auch heute. ... Schwer vorstellbar, dass so Jemand die Polizeischule mit Auszeichnung absolviert hatte.

Diesmal ignorierte ich den penetranten Geruch, zog mir einen Stuhl heran und setzte mich so neben ihn, dass ich direkt auf den Bildschirm sehen konnte. Ich gab ihm die drei Namen und er tippte eilig auf der Tastatur herum. Offenbar war ihm meine Nähe unangenehm. Dass er nicht gut mit Menschen konnte, hatte ihm vermutlich irgendwann nach der Polizeischule diesen besonderen Job eingebracht.

Während wir warteten, dozierte er eifrig über „Suchmaschinen". Was auch immer das sein mochte. Seinen Fachjargon verstand ich eher selten. Und normalerweise vermied ich jede Gelegenheit, mich mit Mouse zu unterhalten.
Doch diesmal hatte ich noch ein besonderes Anliegen.

Nachdem Mouse pflichtschuldigst den Namen einer kleinen Blutbank in der Nähe der Docks ausgegeben hatte, rückte ich noch etwas näher zu ihm heran und tat verschwörerisch. Das zeigte genau die Wirkung; die ich erhofft hatte. Der Karton voll Donuts tat sein Übriges. Ich bat Mouse, zu versuchen, eine Verbindung zwischen den Terrakotta-Figuren und Blut zu finden. Wenn meine Intuition Recht behielt, musste es eine geben. ... Natürlich bat ich Mouse, diese

Information heimlich zu beschaffen, da meine Bitte eher inoffizieller Natur war. ... Wie ich gehofft hatte, stand Mouse auf solche Heimlichkeiten und versprach mir, mich sofort zu informieren, wenn der Computer etwas Brauchbares ausspucken würde. //

X

Die Überprüfung der Blutbank überließ Daniel seinem Partner. Er selber wollte die Wäscherei genauer unter die Lupe nehmen. Bereits als er um die Ecke bog, fiel ihm die auffällig unauffällige Bewachung auf, die die komplette Straße entlang reichte. Und sofort nach dem Betreten der Wäscherei wurde er von einem 'Gorilla' in Empfang genommen, der ihn nach Waffen filzte. Offenbar hatte er, ohne es zu ahnen, gerade die Zentrale eines Hohen Tieres der amerikanischen Triaden betreten. Und nachdem er die Tür zu dem Hinterzimmer passiert hatte, zu der ihn der Gorilla führte, wusste er auch, mit wem er es zu tun hatte. Chang Lee, einer der Machthaber der amerikanischen Chinesen-Maffia trat ihm, ganz Geschäftsmann, gegenüber und bot Daniel einen Stuhl sowie etwas Tee an. Aus Erfahrung wusste Daniel, dass man beides besser nicht ausschlug. Also setzte er sich und trank höflich den Tee. ... Er schmeckte leicht nach Zimt und verbreitete einen angenehmen Duft im ganzen Raum.

Nachdem Daniel seine Tasse abgestellt hatte, sah er Chang Lee erwartungsvoll an. Der

Geschäftsmann saß wieder hinter seinem Schreibtisch, die Ellbogen auf die Armlehnen seines sündhaft teuren Ledersessels gestützt. Mit den Spitzen der Finger beider Hände formte er scheinbar in Gedanken ein Dreieck. Doch sein Blick war klar, wie der eines Adlers auf der Jagd, als er Daniel direkt anblickte.

„Wir beide haben offenbar das gleiche Problem, Detective". Er lächelte Daniel offen an und sein Gesicht sah dabei aus, wie einer dieser breiten, runden Kekse, die man Kindern in die Milch tunkt. Doch aus irgendeinem Grund konnte Daniel dem Lächeln nicht so recht glauben. Etwas daran schien nicht richtig zu sein.

„Nun Sir, ich habe drei vollkommen blutleere Leichen im Keller der Gerichtsmedizin. Und welches Problem haben Sie?" Vor lauter unterdrücktem Zorn entging es Daniel völlig, dass er unabsichtlich das Detail ausgeplaudert hatte, das die Polizei bisher geheim gehalten hatte.

Dem Gorilla gefiel offensichtlich Daniels Tonfall nicht, denn er bewegte sich leicht und sah drohend in Daniels Richtung. Doch sein Boss hielt ihn mit einer kaum sichtbaren Handbewegung zurück. Mit keiner Geste ließ er sich anmerken, dass ihm Daniels Fauxpas aufgefallen war.

„Genau diese Leichen *sind* das Problem. Detective. ... Aus irgendeinem Grund versucht jemand den Eindruck zu erwecken, wir hätten etwas damit zu tun."

„Haben Sie nicht?" Daniel biss sich innerlich auf die Lippen, doch an seinem herausfordernden Spruch konnte er jetzt nichts mehr ändern. Glücklicherweise schien Chang Lee diesmal wirklich auf Daniel's Seite zu stehen, denn er lächelte nur amysiert.

„Natürlich haben wir nicht, Detective. ... Halten Sie uns wirklich für so dumm, unsere Leichen vor unserer eigenen Haustür zu entsorgen?" Wo er Recht hatte ... wie Daniel schließlich einsah. Außerdem wollte er sich die Gelegenheit nicht verscherzen, quasi einen Informanten an allerhöchster Stelle zu haben. Denn Chang Lee ließ an seiner Absicht keinen Zweifel, in dieser Sache mit der Polizei zusammen zu arbeiten. Allerdings lag die Vermutung nahe, dass diese Zusammenarbeit nur so lange dauern würde, so lange sie zu Gunsten Chang Lee's und seiner Organisation verlief. Dennoch nahm Daniel dankbar die ihm gereichte Hand. Außerdem gab Chang Lee mit einem Augenwink zu erkennen, dass er diese Unterredung für beendet hielt.

Derselbe Gorilla, der Daniel herein geleitet hatte, führte ihn auf dem gleichen Weg wieder hinaus. Vor der Tür gab er ihm eine vollkommen weiße Visitenkarte. Auf der Rückseite stand unscheinbar und ohne Schnörkel eine Telefon-Nummer.

„Wenn Sie mit dem Boss sprechen müssen", sagte er drohend und verschwand wieder hinter der Tür.

Die Wachposten schienen Daniel überhaupt nicht zu beachten. Sie waren längst informiert, dass es sich um einen Freund handelte.

X

Bevor Daniel an diesem Abend nach Hause ging, führte er ein längeres Gespräch mit seinem Vorgesetzten in dessen Büro, bei dem zur Sicherheit auch der Leiter des Dezernates „Organisiertes Verbrechen" anwesend war. Chief MacKlosky schien von Daniels Vorstoß nicht gerade begeistert zu sein, sah jedoch ein, dass eine Überprüfung der Wäscherei notwendig war. Dass er damit das Büro von Chang Lee entdeckt hatte, war ein unerwarteter Nebeneffekt.

Daniel behielt seine Vermutung, der Diebstahl der drei Statuen könnte etwas mit den drei Morden zu tun haben, vorerst für sich. Irgendwie hatte er ein ungutes Gefühl bei der Sache.

Nachdenklich vor sich hin träumend betrat er etwas später die Tiefgarage und stieg in seinen Wagen. Nach ein paar Meilen piepte sein Handy. Es war Mouse.

„Wir müssen uns treffen". Er gab Daniel eine Adresse, die zufälligerweise auf seinem Nachhause Weg lag und schon klickte die Leitung.

Daniel blickte grübelnd durch die Regentropfen auf seiner Windschutzscheibe. So weit er sich zurück erinnern konnte, hatte er noch nie so lange im Dunkeln getappt. Er parkte seinen Wagen am Eingang der Gasse, zu dem Mouse ihn bestellt hatte. Es war dunkel. Irgendwo weiter hinten wurde eine Tür geöffnet, aus der laute, wummernde Musik drang und sofort wieder geschlossen. Eine schemenhafte kleine Gestalt kam langsam näher.

„Ist Ihnen auch niemand gefolgt?", hörte Daniel die sehr nervöse Stimme von Mouse. „Was soll die Geheimniskrämerei?", rief Daniel ihm irritiert entgegen.

„Ihre eigenen Regeln", rief Mouse zurück. „Und sie wissen noch gar nicht, wie Recht sie damit haben."

Daniel hatte sich der kleinen Gestalt inzwischen bis auf einen Meter genähert und immer noch konnte er Mouse in der Dunkelheit kaum erkennen. „Was ist los?" Er versuchte Mouse mit einer möglichst angenehmen Stimme zu beruhigen. Diesmal hatte er damit allerdings kein Glück. Mouse wurde nur noch nervöser.

„Sie hatten Recht, Detective. ... Es gibt einen Zusammenhang zwischen den Terrakotta-Figuren und Blut. Allerdings ist darüber im Internet nicht viel zu finden. Es gibt nur eine einzige Datei. Es stehen auch nur ein paar Zeilen drin. Außerdem hing ein Spybot dran."

Daniel verstand nur Bahnhof. „Ein Spybot?"

„Das ist ein Programm, das an Dateien angehängt werden kann und denjenigen ausspioniert, der die Datei herunter lädt. Es meldet die IP-Adresse und somit den genauen Standort an den, der ihn geschaffen hat."

„Und wer macht so was?" Daniel sah sein ungutes Gefühl immer mehr bestätigt.

„Das Programm war so hoch entwickelt, da kommen nur wenige in Frage. Hier im Land eigentlich nur zwei ... oder drei. ... Die Maffia, obwohl ich mir nicht denken kann, warum. Die

Triaden vielleicht und …" Er sah Daniel viel sagend an, bis der den Wink mit dem Zaunpfahl endlich verstand.

„Willst Du damit sagen, … die Agency hat eventuell die Finger da drin?" Plötzlich erschrak er, als er anfing die Tragweite dieser Aussage zu verstehen. „Haben sie dich erwischt?"

„Hab das Signal über mehrere Zugangspunkte auf der ganzen Welt umgeleitet. … Ich denke nicht. … Allerdings hatte ich nicht viel Zeit die Datei zu lesen. … Hab bloß einen Namen ‚Xing Yang' und den Hinweis auf ein Geheimnis. … Können Sie damit was anfangen?"

„Ich nicht. … Aber ich kenne Jemanden, der es vielleicht kann. … Danke Mouse. Ich schulde dir was."

„Ich komme drauf zurück", murmelte Mouse und war bereits wieder auf dem Rückweg zu der Tür, aus der er gekommen war.

X

„Sagt Dir der Name Xing Yang irgend etwas?", fragte Daniel Akiko an diesem Abend. Er war ohne lange Erklärungen direkt auf den Punkt gekommen. Sie waren in ihrem Schlafzimmer und Akiko war, nur in ein Badetuch gehüllt, gerade dabei, vor dem Frisierspiegel ihre pechschwarzen, seidig glänzen-den Haare zu bürsten.

„In den Geschichtsbüchern gibt es einige mit diesem Namen. … Aber da Du so ausdrücklich danach fragst, denke ich, dass Du Xing Yang, den

Chronisten von Quin Chi, dem ersten Kaiser Chinas, meinst. ... Was ist mit ihm. ... Und ... woher kennst du seinen Namen?" Akiko war einigermaßen beunruhigt. Was nicht schwer war, nach diesem Tag. Sie legte die Bürste beiseite und drehte sich zu Daniel um.

Daniel überlegte sich jedes Wort ganz genau, bevor er es aussprach, was die Unterhaltung an sich etwas mühsam gestaltete. Doch Akiko war es gewohnt, sich in Geduld zu fassen. (Die Unterhaltungen mit Ihrem Vater waren ab und zu genauso.) „Wir haben da so einen Computerfreak im Departement. Den habe ich mal ein paar Stichworte in eine Suchmaschine eingeben lassen."

„Du weißt, was eine Suchmaschine ist?" Akiko war überrascht.

„Pass auf. ... Ich kenne da Jemanden, der sich damit auskennt. ... Und der hat für mich etwas aus diesem alles wissenden Internet heraus gesucht. ... Er sagt, es gibt ein Geheimnis das mit den Terrakotta-Figuren und diesem Xing Yang zusammenhängt. ... Und es hat mit Blut zu tun. ... Was, weis ich leider nicht. Aber, das krieg' ich auch noch raus. ... Und die CIA hängt da möglicherweise irgendwie mit drin. ... Wie weis ich jetzt noch nicht, aber ..."

„das kriegst du auch noch raus", vollendete Akiko den Satz. Und mit einem Schwung war sie auf den Beinen und wanderte rastlos vor dem riesigen Bücherregal hin und her. Sie suchte nach einem ganz bestimmten Buch. Als sie es fand, musste sie sich gaaanz schön strecken. Doch schon stand Daniel hinter ihr und fischte es aus dem obersten Regal. Als Akiko es endlich in den Händen hielt, blätterte sie wie wild darin herum. Doch sie wusste genau, wonach sie suchte.

„Hier", sie hielt den Finger auf eine bestimmte Seite. „Xing Yang war der erste Chronist von Quin Shi, zu dessen Regentschaft die Erschaffung der Terrakotta-Armee gezählt wird. ... Er war der engste Vertraute von Quin Shi, ... was bedeutet, er hat ihm vielleicht auch eins seiner Geheimnisse anvertraut. „Wieder erweckt mit Blut, zu verteidigen die Grenzen dieses Reiches und zu beschützen den, der Euch geschaffen hat", zitierte sie den Text, der unter der Kohlezeichnung stand. „Lass mich raten, ... Du hast Blut und Terrakotta-Armee eingeben lassen?"

„Als ich heraus fand, dass an den Fundorten der Leichen und beim Diebstahl der drei Figuren jeweils ein Wagen der gleichen Chinesischen Wäscherei in der Nähe war, hab ich einfach eins und eins zusammengezählt. ... Außer mir ist glücklicherweise bis jetzt Niemand drauf gekommen."

„Und warum hast Du geglaubt, das geheim halten zu müssen? ... Es könnte doch gut sein, Informationen auszutauschen. ... Oder ist das eine von diesen ‚Wir lassen uns von niemandem helfen und schaffen unsere Sachen alleine' Geschichten?"

„Ist bis jetzt nur so ein Gefühl. ... Du weißt doch, dass man in meinem Beruf für manche Dinge einen Sechsten Sinn entwickelt. ...Sag mal, weiß Dein Vater eigentlich schon Bescheid?" Er erwiderte lächelnd Akiko's entrüsteten Blick. „Ich vergaß. ... Es gibt ja kaum etwas in dieser Stadt, worüber Dein Vater nicht Bescheid weiß. ... Manchmal ist er mir richtig unheimlich. ... Es scheint fast so, als ob er überall seine Spitzel hätte."

„Er sagt immer, er kennt Jemanden, der Jemanden kennt."

„Ja, den Spruch kenne ich noch von Früher." Lächelnd strich er mit dem Handrücken über ihre Wange und sah ihr tief in die Augen. Sie legte das Buch beiseite und schmiegte sich an ihn. Es folgte eine innige Umarmung, bei der sie sich langsam auf das Bett sinken ließen. Und dann entluden sich die letzten Stunden der Anspannung in einem atemberaubenden Spiel für zwei. Wie die Wogen der Brandung sich langsam zum Orkan steigernd, so erklommen sie eng umschlungen, zwei Seelen in einem Körper gleich, den gischt-schäumenden Wellenkamm eines Tsunami der Gefühle. Erschöpft und eng aneinander gekuschelt schliefen sie danach ein.

X

Nach einer halbwegs ruhigen Nacht machten sich Daniel und Akiko bereits um halb Sieben auf den Weg in die Stadt. Daniel wollte Akiko am Museum absetzen und schon mal einen Blick auf die Terrakotta-Figuren werfen. Ganz inoffiziell, versteht sich. Als Akiko's Verlobter hatte er jederzeit Zugang zum Museum. Auch zu den Räumen, in die normale Besucher nicht hinein durften. Er war nicht wirklich überrascht, dort Akiko's Vater in ein aufgeregtes Gespräch mit dem

Museumsleiter vertieft anzutreffen. Die Vergangenheit von Lee Murasaki war zwar recht nebulös, doch war bekannt, dass er irgendwann einmal ein ziemlich hohes Tier in der Politik gewesen sein musste. Deshalb wurde er oft konsultiert, wenn es um Amerikanisch-Chinesische Interessen ging. In diesem Fall wollte man tunlichst politische Verwicklungen vermeiden. Und die würde es zweifellos geben, wenn an diesem Wochenende die Ausstellung eröffnet wurde, und man eingestehen müsste, dass drei der wertvollen Figuren „irgendwie abhanden gekommen" waren.

Akiko begrüßte ihren Vater auf gebührliche Weise. Auch Daniel machte höflich seine Aufwartung. Seine Aufmerksamkeit wurde jedoch von einer Maschine abgelenkt, die mitten im Raum stand. Er begann, sie genauer anzusehen und bemerkte erst jetzt, dass noch zwei Personen im Raum standen. Und diesmal war Daniel sehr überrascht, gerade eine dieser Personen hier zu sehen.

„Guten Tag, Detective Watson", begrüßte ihn Chang Lee beinahe so, als ob sie alte Freunde wären, die sich längere Zeit nicht gesehen hatten.

Diesmal war Lee Murasaki erstaunt, was wirklich nicht oft vor kam. „Du kennst Chang Lee, Daniel?"

„Sagen wir, er hat mir seine Hilfe bei der Aufklärung eines Falls angeboten."

Lee Murasaki zog eine Augenbraue auf eine für ihn typische Art in die Höhe. Er wusste nur zu gut, dass solche Gefallen meistens mit einer Verpflichtung verbunden waren. Doch Chang Lee unterbrach seine Gedanken. „Und damit Sie sehen, dass ich es ehrlich meine, habe ich Ihnen das hier mitgebracht." Er deutete auf die Maschine, die Daniel bereits eingangs bemerkt hatte. „Ich habe erfahren, dass Ihnen etwas fehlt. Und diese Maschine wird Ihnen dabei helfen, Ihr Gesicht zu wahren, wie man in unseren Kreisen so schön sagt." Chang Lee lächelte hintergründig, während das Gesicht von Lee Murasaki beinahe wie versteinert wirkte. Er und Chang Lee waren offensichtlich nicht gerade die besten Freunde.

Akiko, die sich, wie es sich für chinesische Frauen geziemte, bisher im Hintergrund gehalten hatte, kam jetzt näher und sah sich ebenfalls die Maschine an. „Und wie soll uns dieses Ding helfen, das Gesicht zu wahren? ... Ich sehe hier eine Laseroptik und einen Generator, der an einen Computer angeschlossen ist."

„Sie sind ein Kluges Kind, meine Liebe, doch die eigentliche Bedeutung dieser Maschine entgeht Ihnen völlig", erwiderte Chang Lee. „Diese Maschine kann Dinge aus Stein herausarbeiten, deren Aussehen zuvor in diesen Computer eingegeben wurde. ... Zufällig ist mir bekannt, dass alle Figuren nach ihrem Eintreffen hier von allen Seiten fotografiert und vermessen wurden. ... Daher dürfte es nicht schwer sein, die drei fehlenden Figuren mit Hilfe dieser Maschine ... sagen wir ... zu replizieren."

„Wollen Sie damit andeuten, dass wir einen Betrug begehen sollen, gegenüber der Regierung eines fremden Landes?" Der Museumsdirektor war sehr aufgebracht. Lee Murasaki versuchte, ihn zu beruhigen. „Es ist ein Land, das ich sehr gut kenne, Proffessor. ... Außerdem sollen Sie keinen Betrug begehen, sondern der Polizei nur etwas Zeit verschaffen, die Originalfiguren wieder zu finden. ... Ich habe Sie doch richtig verstanden, ehrenwerter Chang Lee?"

Chang Lee lächelte hintergründig wie immer. „Selbstverständlich, ehrenwerter Lee Murasaki. ... Als ich erfuhr, dass sich eine solche Maschine vorübergehend in meinem Besitz befindet, erkannte ich sofort die gute Gelegenheit."

„Vorübergehend in Ihrem Besitz?" Daniel hatte dem Gespräch bisher wortlos zugehört, jetzt jedoch musste er sich aus beruflichem Interesse einmischen.

„Nun, Detective. Ich betreibe nicht nur eine Wäscherei, sondern beschäftige mich auch recht erfolgreich im Im- und Export. ... Diese Maschine hier, ist beispielsweise für ein Team von Archäologen in Südamerika bestimmt, die damit bestimmte Gegenstände aus den Wänden einer Höhle herauslösen wollen. Sie wird in drei Tagen dort erwartet. Das bedeutet, ... was immer Sie mit dieser Maschine tun ... ich will gar nicht wissen was ... Sie müssen es heute tun. Morgen früh lasse ich die Maschine von meinen Mitarbeitern abholen und in die nächste Frachtmaschine verladen. ... Und hier", er wandte sich zur Seite und schob den neben ihm stehenden und bisher stumm vor sich hin stierenden älteren Mann in den Kreis der Aufmerksamkeit, „Mein guter Freund Alex wird Ihnen zeigen, wie die Maschine funktioniert. Alex ist ebenfalls Archäologe." Er sah Lee Murasaki herausfordernd an.

„Und wo ist der Haken?" Daniel wusste, dass es immer einen Haken gab. Von wegen ‚hüte Dich vor Griechen, die Geschenke bringen', oder so ähnlich.

„Wie ich Ihnen bereits sagte, Detective. Ich versuche nur, Sie von meinen Ehrenhaften Absichten bezüglich Ihres Falles zu überzeugen."

„Ohne Gegenleistung?"

„Von der objektiven Bearbeitung **unseres** Falles abgesehen, … JA."

Chang Lee verabschiedete sich während der Museumsdirektor seinem Ärger Luft machte, er würde sich nicht für einen solchen Betrug hergeben. Es dauerte eine ganze Weile, bis ihn Akiko's Vater von der Notwendigkeit dieser Notlüge überzeugt hatte. Was immer sie danach taten, konnte Daniel nicht an Ort und Stelle verfolgen, da er sich beeilen musste, um nicht zu spät zur täglichen Besprechung zu erscheinen.

X

Natürlich kam er zu spät zur Besprechung, genau wie die Hälfte seiner Kollegen. Ein Verkehrsunfall im Tunnel verursachte ein Verkehrschaos auf allen Zufahrtsstraßen nach Manhattan.

Auf dem Weg zum Büro seines Chefs spürte Daniel mehrere mitleidige Blicke auf sich ruhen. Er blieb kurz am Schreibtisch von Andy García stehen und gab ihm den Zettel aus seinem

Notizblock, auf den er zwei Stunden zuvor die Registriernummer des Lasers geschrieben hatte. Er bat Andy, zu prüfen ob die Maschine irgendwo gestohlen gemeldet wurde. Danach ging er zielstrebig bis vor die Tür seines Chefs, wobei er beunruhigt feststellte, dass die Jalousien herunter gelassen waren, was normalerweise nicht Fall war. Er sammelte sich für einen kurzen Moment und versuchte irgendwo zwischen seinen Schulterblättern seine innere Mitte zu finden, wie Lee Murasaki es ihn einst gelehrt hatte. Dann öffnete er entschlossen die Tür und trat ein.

Nach einem knappen Gruß an seinen Boss fiel sein Blick sofort auf die anderen beiden Beamten, die bereits anwesend waren. Einer der beiden gebot ihm mit einem Blick, die Tür zu schließen. Daniel hatte ein ungutes Gefühl, während er den beiden den Rücken zuwandte, um die Tür zu schließen. Als er sich wieder umdrehte war er überrascht. Die beiden Beamten hatten den Anflug eines Lächelns auf den Lippen und sahen auf einmal gar nicht mehr so Furcht einflößend aus, wie noch Augenblicke zuvor. Einer der beiden ergriff sofort das Wort. „Ganz ehrlich. ... Für wen haben Sie uns beide gerade gehalten?"

„Ganz ehrlich? Für zwei harte Knochen von der Dienstaufsicht, die mich gleich auseinander nehmen wollen", antwortete Daniel wahrheitsgemäß.

Da grinste der Beamte und reichte Daniel die Hand. „Das ist genau der Eindruck, den wir erwecken wollten. ... Dave Hanson, Homeland Security. Freut mich sehr. Das ist mein Partner

Justin Miles." Er schüttelte Daniel herzlich die Hand. Danach wurde er sofort wieder ernst. „Die einzigen, die wissen, dass wir nicht von der Dienstaufsicht sind, das sind Sie und Ihr Boss. Und das soll auch so bleiben."

„Und würden Sie mir verraten, warum?"

„Wir ermitteln in einer internen Angelegenheit, in die Sie jetzt unabsichtlich mitten hinein geraten sind."

Jetzt ergriff Daniels Vorgesetzter das Wort. „Und verraten Sie uns Details?"

„Wir brauchen zuerst Ihr Wort, dass nichts von dem, was wir hier besprechen, nach Außen dringt und weiterhin alle denken, dass wir Beamte der Dienstaufsicht sind, die dabei sind Sie, Detective Watson, zu überprüfen."

„Also, mein Wort haben Sie."

„Sie müssen wissen, Chang Lee arbeitet seit geraumer Zeit für **uns**. Irgendjemand in seiner Organisation spielt falsch. Und das reicht bei uns bis in die höchsten Kreise. Und diese drei Morde, an denen Sie arbeiten, gehören da auch irgendwie dazu. Wir wissen nur nicht wie. … Es war ein genialer Schachzug von Chang Lee, Sie quasi als Mittelsmann ins Spiel zu bringen. So hat er die Möglichkeit, unter dem Deckmantel, Sie wegen der Mordfälle beeinflussen zu wollen, uns über Sie wichtige Informationen zukommen zu lassen."

Was im Büro des Chefs besprochen wurde, konnte von Draußen niemand hören. Jedenfalls nicht, bis die Unterhaltung ein paar Phonstärken zunahm und ein sehr aufgebrachter Daniel die Tür auf riss und heraus gestürmt kam. Er steuerte direkt den Schreibtisch von Andy García an. „Andy, habe ich oder habe ich nicht, dir eine Gerätenummer zum Überprüfen gegeben?"

„Nein!"

Daniels Gesichtszüge entgleisten. „Wie bitte?"

„Äh ja, ich hab die Nummer überprüft und <u>nein</u>, der Laser ist nicht gestohlen."

Triumphierend blickte Daniel zur Tür seines Chefs, in der jetzt demonstrativ die beiden Beamten der Dienstaufsicht standen. Einer der beiden raunte aus dem Mundwinkel zu Daniels Chef „ist der immer so gut?"

„Immer!"

Daniel spielte derweil seine Rolle weiter. „Lassen Sie mich meinen Job machen und suchen Sie sich woanders einen Typen, den Sie in den Dreck ziehen können."

Die beiden Beamten nickten einander zu und verabschiedeten sich von Daniels Chef. Auf dem Weg nach Draußen blieb Hanson neben Daniel stehen. „Sie sind noch lange nicht vom Haken, Detective! **_Noch lange nicht._**" Damit nickte er Daniel drohend zu und ging.

Andy sah zu Daniel auf. „Was ist hier los, Daniel?"

„Keine Ahnung, Andy. Ich denke, ich bin denen in letzter Zeit etwas zu oft mit Chang Lee zusammen getroffen."

„Aber das ist doch nicht Deine Schuld."

„Tja, sag denen das mal." Er deutete mit dem Daumen zu der Tür, aus der die beiden Beamten der Dienstaufsicht gegangen waren.

Daniel hatte keine Zeit, sich weiter darüber Gedanken zu machen, denn drinnen im Büro seines Chefs klingelte das Telefon und wenige Augenblicke später rief er Daniel zu sich herein.

„Der Unfall heute im Tunnel war womöglich keiner."

„Und wie kommen Sie darauf?"

„Das eben war Mouse. Er saß in dem Bus, auf den möglicherweise ein Anschlag verübt wurde. … Es soll mindestens zwei Tote gegeben haben. … Er ist in der Klinik und will nur mit Ihnen sprechen, Daniel."

Daniel war sofort auf dem Sprung. „Bin schon weg, Boss."

„Und Daniel," rief ihm der Chief hinterher.

„Ja?"

„Bringen Sie mir Beweise!"

Daniel nickte und war Sekunden später zur Türe hinaus.

X

In der Klinik erfuhr Daniel von Mouse, dass es sich um einen Anschlag mit einem Brandsatz im Motorraum gehandelt haben muss. Mouse hätte kurz bevor das Feuer im Motorraum ausgebrochen war, eine leise Explosion gehört, die fast wie eine Fehlzündung geklungen hätte. Und er, Mouse, hätte das Feuer nur überlebt, weil er entgegen seiner Gewohnheit auf einem anderen Platz gesessen hätte. Statt seiner seien zwei andere Fahrgäste geröstet worden.

„Wir haben es also mit skrupellosen Leuten zu tun, die selbst vor Polizistenmord nicht zurückschrecken."

„Und wenn die raus kriegen, an wen ich die Information weitergegeben habe …"

Daniel hatte schon verstanden. „Und wenn die raus kriegen, dass Sie noch am Leben sind…" Er betätigte bereits die Ruftaste. Als die Schwester erschien bat Daniel sie, den zuständigen Arzt dringend hierher zu bitten, und als der seinen Kopf zur Türe herein streckte „Wie schnell können Sie diesen Patienten entlassen, Doktor?"

„Darf ich fragen, warum Sie das interessiert, Mister …"

„Detective. … Detective Daniel Watson, Mordkommission. … Wir haben den begründeten Verdacht, dass der Busunfall ein Anschlag auf das Leben meines Kollegen hier war. Und wir haben weiterhin den begründeten Verdacht, dass wer auch immer dafür verantwortlich war, dies wieder versuchen wird. Und wenn Sie sich nun vor Augen führen, dass eben diese Verantwortlichen auch vor schweren Kolateralschäden nicht zurückschrecken …"

„Schon verstanden, Detective! Sie können den Mann sofort mitnehmen. Die Schwester wird seine Kleidung bringen." Der Arzt setzte seine Unterschrift unter ein Formular, das in der Kladde am Fuße des Krankenbettes unter dem Krankenblatt hing. „Sind sie zufällig mit diesem Detektiv aus London verwandt?"

„Weder verwandt, noch verschwägert, Doktor.. … Außerdem, wenn ich mich recht erinnere, dann ist dieser Doktor Watson nur eine Romanfigur. ... Richtig?"

Innerhalb weniger Minuten, saßen Mouse und Daniel in Daniel's Wagen.

„Und wohin jetzt?"

„Ich kenne einen Ort in dieser Stadt, da sind Sie so sicher wie in Fort Knox. ... Und genau da fahren wir jetzt hin."

Das Anwesen von Lee Murasaki lag auf einer unscheinbaren Erhebung, die man kaum als Hügel bezeichnen konnte. Doch die natürlichen örtlichen Gegebenheiten sorgten dafür, dass das Anwesen für Eindringlinge von außen absolut uneinnehmbar war. Ein Übriges taten die massiven Mauern und die Kameraüberwachung rund herum.

Nach dem Durchfahren des massiven hölzernen Tores mit den kunstvollen schmiedeeisernen Verzierungen, fühlte man sich wie in eine andere Welt versetzt. Neben dem Massiv gebauten Haus, das an einen chinesischen Palast im Miniaturformat erinnerte, leuchteten die Blumen des chinesischen Gartens in allen Farben des Regenbogens. Exakt in der Mitte des Gartens thronte eine kleine Pagode, die den Schutzgeistern der Familie geweiht war. Von dort kam ihnen jetzt Lee Murasaki, der Herr des Hauses entgegen, um seine unerwarteten Gäste zu begrüßen.

Nachdem Daniel ihm in kurzen Sätzen die Situation erklärt hatte, war Lee Murasaki ohne weitere Einwendung sofort bereit, Mouse in seinem Hause Schutz zu gewähren. Er winkte seinem Hausdiener, der Mouse den Weg zum Gästezimmer geleitete.

Als Lee Murasaki mit Daniel allein war, legte er seinem Ziehsohn die Hand auf die Schulter. Eine Geste, die keiner weiteren Worte bedurfte.

Während Daniel wieder in seinen Wagen stieg, drehte sich Lee Murasaki noch einmal um.

„Bedenke, mein Sohn … Hilfe erlangst Du oftmals von unerwarteter Seite. Und einen wirklichen Freund findest Du oft an Orten, an denen Du nicht danach suchst. …"

Während Daniel noch über diese Worte nach grübelte, schloss sich bereits das große Tor hinter ihm.

Auf der Fahrt zurück ins Büro überlegte Daniel angestrengt, wie er das Alles seinem Boss erklären sollte. Und noch Mehr Kopfschmerzen machte es ihm, wie er das den Jungs von der Homeland Security erklären sollte.

Er bog von seiner Route ab und steuerte den Wagen zum Museum. Zuerst wollte er sich ein Bild von der aktuellen Lage machen.

X

Im Museum angekommen, musste Daniel feststellen, dass Akiko nicht anwesend war. Vom Direktor erfuhr er, dass sie nach Beendigung der Arbeit an den drei Kopien mit diesem Alex mitgefahren sei, der sich angeboten hatte, sie in die Stadt mit zu nehmen.

Während Daniel wie ein Tiger um die drei neu erstellten Figuren herum schlich und keinen

Unterschied zu den übrigen Figuren feststellen konnte, zog er sein Handy heraus und wählte Akiko's Nummer. Als nach etwa zehn Mal Klingeln niemand abnahm, versuchte er es mit der Nummer zu Hause. Auch dort schien Akiko nicht zu sein.

Als er es erneut auf Akiko's Handy versuchte, meldete sich am anderen Ende eine fremde Männerstimme.

„Es ist zwecklos, Detective. ... Miss Murasaki ist zur Zeit sehr beschäftigt."

„Lassen Sie mich mit ihr sprechen."

„Wie ich schon sagte, sie ist sehr beschäftigt. ... Wenn sie das erledigt, was sie für uns tun soll, werden Sie sie unversehrt zurückbekommen. ... Und ... Detective ... ich muss nicht extra betonen, dass die Polizei sich heraus halten soll. Sonst ..." Es klickte in der Leitung.

Bereits auf dem Sprung wählte er eine andere Nummer. „Dieser Alex hat Akiko. ... Gib mir Mouse. ... Er muss was für mich herausfinden."

Als Daniel in seinem Wagen saß, fiel ihm auf, dass er nicht wusste, wohin er jetzt fahren sollte, wem er noch trauen konnte. Vom Klingelton seines Handys wurde er aus seinen düsteren Gedanken gerissen.

„Ja? ... Hab mir schon so was gedacht. ... Und kein Irrtum möglich? ... Danke Mouse." Jetzt wusste er, was er zu tun hatte. Er zog eine unscheinbare Visitenkarte aus der Tasche seines Jacketts und wählte die Nummer. Nach einem kurzen Telefonat startete er den Wagen.

X

Nachdem Daniel bereits seit über einer Stunde auf dem Dach einer alten Lagerhalle auf dem Bauch liegend die oberen Fenster einer stillgelegten LKW-Waschanlage beobachtet hatte, begann er sich zu fragen, wo seine Verstärkung blieb. Wie aufs Stichwort tauchte ein paar Dächer weiter eine dunkle, wie ein Ninja gekleidete, Gestalt auf und hinter ihr noch eine zweite. Wenig später huschte Chang Lee völlig geräuschlos heran und legte sich rechts von Daniel ebenfalls auf den Bauch. Er war mit Kletterseilen und diversen kleineren Waffen ausgerüstet. Die zweite Gestalt legte sich links neben Daniel. Der bekam einen gehörigen Schrecken, als er in dem Sehschlitz der Maske die Augen seines Ziehvaters erkannte.

„Du glaubst doch nicht etwa, dass ich die Rettung meiner Tochter Dir und meinem alten Freund hier allein überlasse ..."

„Alten Freund ?!", Daniel verstand die Welt nicht mehr.

„Sehen Sie, Detective ...", meldete sich Chang Lee zu Wort, „Lee und ich sind gemeinsam aufgewachsen. ... Wir waren Nachbarsjungen. ... Und als Kinder haben wir uns geschworen, das Böse zu bekämpfen. Lee von außen und ich wollte es von innen versuchen. Und als wir alt genug waren, ging Lee in die Politik und ich zu den Triaden. ... Nur leider ist dann alles nicht ganz so gelaufen, wie wir es als Kinder geplant hatten. ... Lee's Frau wurde bei einem Bombenattentat getötet und ich musste mehr als ein Mal jene Grenze überschreiten, die niemals zu überschreiten wir uns damals geschworen hatten. ... Für mich gibt es jetzt kein Zurück mehr. ... Ich komme nur als toter Mann aus dieser Nummer wieder raus. ... Aber wenigstens kann ich vorher noch dabei helfen, ein paar faule Äpfel vom Baum zu schlagen und die Tochter meines alten Freundes zu retten." Bei diesen Worten spielte er gedankenverloren an einem merkwürdig dicken Ring, der am kleinen Finger seiner linken Hand steckte.

Inzwischen war es dunkel geworden. Die leise Unterhaltung der drei brach abrupt ab, als hinter einem der Fenster unter ihnen das Licht anging. Akiko wurde in den Raum geschubst. Der dunkelrote Fleck unter ihrem rechten Auge deutete an, dass sie geschlagen worden war. Daniel ballte die Fäuste, als er das sah.

Der Mann hinter Akiko warf ihr ein dickes Buch vor die Füße. Als der Mann sich umdrehte um aus dem Fenster zu sehen, gefror Daniel fast das Blut in den Adern, obwohl er damit gerechnet hatte, ihn zu sehen. Als noch die beiden anderen Männer den Raum betraten, auf die Daniel gewartet hatte, hob er sein Handy vor die Augen, schoss ein Foto und schickte es per MMS an Mouse.

Das Foto zeigte die beiden Homeland-Security-Beamten, die offenbar ein falsches Spiel spielten, in eindeutiger Pose, sowie den Archäologen Alex Sanders. Wie sich später herausstellen sollte, war der vom Hongkong-Zweig der Triaden in New York eingeschleust worden, um Chang Lee zu überwachen.

Somit war klar, dass Chang Lee auf jeden Fall ein toter Mann war, da die Triaden bereits darüber informiert waren, dass er die Seiten gewechselt hatte.

Daniel deutete auf die beiden Männer. „Diese beiden waren heute bei meinem Boss und behaupteten Agenten der Homeland Security zu sein, die vorgäben von der Dienstaufsicht zu sein. Mouse hat raus gekriegt, dass sie weder das Eine noch das Andere sind. Ich hoffe, dass er anhand des Fotos raus kriegt, für welchen Verein die beiden wirklich arbeiten."

„Und wieso sollten sie eine so komplizierte Geschichte erfinden?"

„Na weil mein Boss auf komplizierte Geschichten steht. Die müssen irgendwie raus gekriegt haben, dass er das am ehesten glauben würde. ... Er hat irgendwann mal erwähnt, dass er als junger Mann gerne zur CIA gegangen wäre, die ihn aber nicht genommen hätten, weil er so eine ehrliche Haut war. ... Er kann Lügen auf den Tod nicht ausstehen. Und wenn er erfährt, dass die ihn angelogen haben, steht er mit einer Hundertschaft hier vor der Tür und buchtet alles ein, was sich bewegt. Und da er sicher nicht zimperlich mit diesem Gebäude und den Leuten sein wird die sich darin aufhalten, sollten wir Akiko sicherheitshalber vorher da raus holen. ... Also, Chang Lee, sie kennen diesen Alex. ... Wie sollen wir am besten vorgehen?!"

„Nun … offensichtlich kannte ich diesen Alex nicht wirklich. Sonst hätte ich ihn längst durchschaut. Aber ich würde die Zangen Taktik vorschlagen. Lee und ich schlagen uns von den Seiten vor und sorgen für ausreichend Ablenkung. Und sie holen Akiko da raus. Und falls wir uns nicht wiedersehen, war es mir eine Ehre, Ihnen bei Ihrem Kampf behilflich sein zu dürfen." Damit vollführte er eine typische Verbeugung, bei der die Faust der einen Hand vor dem Körper gegen die Handfläche der anderen Hand gedrückt wird. In China eine Geste des Respekts. Noch ehe Daniel darauf etwas erwidern konnte, waren die beiden dunklen Gestalten mit dem Nachthimmel hinter ihnen verschmolzen.

X

Daniel beobachtete, wie unten die beiden falschen Beamten wieder den Raum verließen und dieser Alex Sanders sich drohend breitbeinig vor Akiko aufbaute, so dass er den Fenstern den Rücken zuwandte. Für Daniel mit seiner von Sensei Lee genossenen Ausbildung war es ein Leichtes, lautlos einen Raum zu entern. Sanders bemerkte ihn erst, als er direkt hinter ihm stand und ihm lässig mit der einen Hand auf die Schulter tippte, während er ihn mit der anderen Hand mit einem gekonnten Schlag der Handkante ins Reich der Träume schickte. Nachdem er Sanders mit seinen Handschellen an die Heizung gekettet hatte, sprang er zu Akiko und löste ihre Handfesseln.

Viel Zeit für Erklärungen blieb nicht. Er half ihr, aus dem Fenster auf das Dach zu klettern und gab ihr sein Handy. „Wähle den Notruf, wenn Du ein gutes Versteck gefunden hast. Sage Code 49, das heißt Officer in Schwierigkeiten und sage denen, sie sollen meinem Boss Bescheid sagen." Damit schubste er sie vorwärts, genau in dem Moment, als unten das Krachen von Feuerwerkskörpern zu hören war. Dann rannte er zur Tür, öffnete sie vorsichtig und spähte durch den Spalt.

Unten war es dunkel. In den Lichtblitzen diverser Schüsse und Feuerwerksexplosionen konnte er schemenhaft die drei gestohlenen Figuren erkennen. Er wollte sie als Deckung nutzen, um sich den Verbrechern unbemerkt von hinten zu nähern. Als er halb die Treppe nach unten überwunden hatte, spürte er einen heftigen Schlag an der linken Schulter, gefolgt von einem stechenden Schmerz. Man sagt, den Knall des Schusses der Kugel die dich trifft, hörst du erst nach dem Einschlag der Kugel. Daniel wusste das. Doch jetzt erfuhr er zum ersten Mal, dass es stimmte. Er biss die Zähne zusammen. Er ahnte, was geschehen war. Er hatte den Typen nicht gesehen, der von der gegenüberliegenden Seite der Halle von einer Empore aus die Treppe bewachte.

Ohne zu zielen legte er an und beharkte den Typen mit zwei Kugeln. Eine traf, der Typ fiel mit einem dumpfen Geräusch zu Boden und stand nicht mehr auf.

Daniel ignorierte den Schmerz und schlich weiter. Allerdings hatte er mit den Schüssen die

Aufmerksamkeit auf sich gelenkt und musste mit weiteren Angriffen rechnen. Er duckte sich in einen Schatten. Gerade rechtzeitig. Denn über ihm schlug eine Kugel ein.

Ein Lichtblitz direkt gegenüber. Er schoss und traf. Der Getroffene schrie.

Zwei Schatten huschten durch die Halle. Einer von ihnen legte geräuschlos einen der Gangster flach.

Daniel spürte, wie das Blut aus seiner Schulterwunde warm über seine Hand rann. Langsam wurde ihm schwindelig. Er musste sich ein neues Versteck suchen wankte leicht zwischen den Figuren hindurch, wobei er auf ihnen einige Blutflecken hinterließ.

Hinter einen Schrotthaufen geduckt beobachtete er die beiden Schatten, die in Zweikämpfe mit den Gangstern verwickelt waren. Einer nach dem Anderen wurden die Gangster schlafen gelegt, doch immer noch waren sie in der Überzahl.

Daniel überlegte gerade, ob da irgendwo ein Nest war, als ihn ein scharrendes Geräusch herum schnellen ließ. Einer der Gangster hatte sich mit einer Eisenstange bewaffnet und erwischte mit einem kraftvoll ausgeführten seitlichen Schlag Daniels verletzte Schulter. Der Schmerz war unerträglich. Daniel versuchte vor dem nächsten Schlag auszuweichen, stolperte und viel rücklinks auf den verdreckten Boden. Dann stand der Kerl direkt über ihm und holte zum letzten Schlag weit aus. Doch dann sah Daniel in das verdutzte Gesicht des Typen, als urplötzlich von hinten jemand die Stange mit eisernem Griff festhielt.

Der Typ wurde hoch gehoben und in die nächste Ecke geschleudert, die immerhin mindestens acht bis zehn Meter entfernt war. Dort krachte er gegen einen aufgestapelt liegenden Berg Bauschutt, der über ihm zusammenbrach und den Typen mit donnerrollendem Geräusch unter sich begrub.

Dann näherte sich Daniel ein bedrohlich erscheinender Schatten. Eine Person, von der er nur den Rücken sehen konnte, deckte ihn mit seinem Körper. Daniel fiel auf, dass diese Person eine Art Rüstung trug. Erschöpft blieb Daniel liegen. Das dumpfe Pochen in seinen Ohren wurde lauter. Er hörte noch, wie von draußen eine durch ein Megaphon verstärkte Stimme die Verbrecher zur Aufgabe aufforderte, sah noch die durch die hochliegenden, verdreckten Fensterscheiben eindringenden Lichterkegel von starken Scheinwerfern. Dann hatte er nicht mehr genug Kraft, sich gegen die über ihn hereinbrechende Dunkelheit zu wehren.

Als die Polizisten die Halle stürmten, allen voran Daniels Boss, gingen die drei chinesischen Soldaten, die noch vor wenigen Minuten Figuren aus Stein gewesen waren, um Daniel herum in Stellung. Sie würden ihn mit ihrem Leben verteidigen und wenn notwendig, ihr Leben für ihn opfern. Glücklicherweise war dies nicht notwendig.

Ein als Ninja gekleideter älterer Herr entblößte sein Gesicht und erklärte ihnen auf Mandarin, dass alles in Ordnung war. Lee Murasaki war klar, dass diese drei keine andere Sprache verstehen würden. Er überzeugte die drei, dass es notwendig war, Daniel dort liegen zu lassen, weil Hilfe bereits eingetroffen war. Auf einem unbeobachteten Wege führte er die drei Soldaten aus der Halle, damit sie nicht in die Mühlen der amerikanischen Justiz gerieten. Wie beiläufig erschien er draußen, als Daniel auf der Bahre eines Krankenwagens aus der Halle gefahren wurde.

Akiko war, aufgelöst vor Sorge, ebenfalls bereits an seiner Seite. Sie stieg mit dem Rettungsassistenten in den Rettungswagen.

Alex Sanders wurde in Handschellen abgeführt. Auf dem Weg zum nahe stehenden Streifenwagen kamen er und der Beamte an der Stelle vorbei, an der gerade Chang Lee in einen schwarzen Plastiksack der Gerichtsmedizin gelegt wurde. Das letzte, das er sah, bevor der Wagen los fuhr, war das tote Gesicht Chang Lee's, als der Coroner den Reißverschluss des Sacks zuzog.

X

Als Daniel die Augen öffnete, fühlte er sofort den pochenden Schmerz in seiner linken Schulter. Er sah sich vorsichtig um und fand sich in einem Krankenhausbett wieder. Seine Schulter war dick verbunden und ein Kabel ging von einem Kontakt an seinem rechten Zeigefinger hinauf zu einem Monitor, aus dem ein relativ regelmäßig klingendes Piepen ertönte. Als er sich leicht bewegte, war sofort Akiko bei ihm, die auf einem Sessel am Fußende seines Bettes gesessen und gewartet hatte.

Es blieb keine Zeit zu reden, sie hauchte ihm nur kurz einen Kuss auf die Lippen, denn schon war der Arzt da, der Daniel die Kugel aus der Schulter operiert hatte. Es war derselbe Arzt, mit dem Daniel gesprochen hatte, als Mouse in diesem Krankenhaus lag.

„Ich weis jetzt, was sie mit Kolateralschäden meinten, Detective. ... Hatten sie sich das so gedacht, als sie das sagten?"

„Eigentlich nicht", Daniel versuchte ein Lächeln. Es blieb bei dem Versuch.

Der Arzt erklärte Daniel, was genau mit ihm geschehen war und dass er, abgesehen von der Narbe, selbstverständlich wieder ganz gesund werden würde.

„Und können Sie bitte diese drei komischen Kerle bitten, woanders auf Sie zu warten?", damit deutete er mit dem Daumen auf drei altertümlich gekleidete Chinesen, die an der gegenüberliegenden Wand des Zimmers standen und jedem, der das Zimmer betrat, bedrohliche Blicke zuwarfen. „Die stehen überall im Weg. ... Ihr Schwiegervater musste uns dabei helfen, die zu überzeugen, dass wir Sie operieren dürfen. ... Die verstehen anscheinend nur Chinesisch."

Daniel hob den Kopf und sagte zu den Männern etwas auf Mandarin. Diese Sprache hatte ihn Lee Murasaki gelehrt, als er noch ein Junge war. Auf den fragenden Blick des Arztes meinte er nur, „Ich habe sie gebeten, draußen zu warten."

Der Arzt nickte dankbar und sah sich dann gründlich das Krankenblatt an, sah nach einem Wert auf dem Monitor und übertrug den in das Krankenblatt. Danach verließ er das Zimmer.

Mittags erhielt Daniel dann Besuch von Lee Murasaki. Doch staunte er nicht schlecht, als hinter seinem Schwiegervater die beiden angeblichen Beamten der Homeland Security sein Krankenzimmer betraten.

Mit ernstem Blick sprach Dave Hanson zu Daniel. „Was ich Ihnen jetzt sage, darf dieses Zimmer nicht verlassen." Und nachdem Daniel durch ein knappes Kopfnicken angedeutet hatte, dass er einverstanden war: „Wir beiden gehören zu einer Regierungsorganisation, die es offiziell gar nicht gibt. ... Wir beiden sind sogenannte ERASER. ... Sagt Ihnen das irgendwas?" Daniel zog die Stirn kraus, nickte abermals und hörte aufmerksam zu.

„Wir beide hatten den Auftrag, Chang Lee **verschwinden** zu lassen, ... sozusagen. ... Wir sollten glaubhaft seinen Tod vortäuschen. ... Er bekommt ein neues Gesicht, eine neue Identität und hilft uns dafür mit seiner Aussage, den amerikanischen Triaden-Zweig komplett zu zerschlagen. ... Seinen Teil der Abmachung hat er bereits erfüllt. ... Und Ihre kleine Schießerei gestern," dabei machte er eine kleine Atempause, „hat uns dabei geholfen, unseren Teil der Abmachung zu erfüllen. Chang Lee hat ein spezielles Gift geschluckt, das er in einem speziellen Ring aufbewahrt hat. Dieses Gift fährt seinen Körper auf beinahe Null herunter. Jeder nicht eingeweihte Pathologe würde einen Totenschein ausstellen. ... Natürlich war unser, beziehungsweise Ihr Coroner notgedrungen eingeweiht. Wir wollten ja nicht, dass er Chang Lee aufschneidet. ...Jedenfalls werden heute Abend in den Nachrichten ein paar Fotos eines ziemlich toten Anführers der amerikanischen Chinesen-Maffia zu sehen sein. Damit dürfte er so gut wie sicher sein. Zumal wir es so arrangiert haben, dass dieser Alex Sanders dabei war, als Chang Lee in einen Totensack gelegt und abtransportiert wurde."

„Und jetzt?"

„Nun, nichts jetzt. ... Leider ist Chang Lee irgendwie aus Ihrer Gerichtsmedizin verschwunden. ... Offensichtlich hat er es vorgezogen, sich selbst um eine neue Identität zu kümmern." Er beugte sich zu Daniel hinunter.. „Richten Sie ihm unseren Dank aus, wenn Sie ihn das nächste Mal sehen. Dank seiner Hilfe konnten wir das gesamte Nest ausheben und hatten auf unserer Seite keine Verluste."

„Wie kommen Sie darauf, dass ich ihn nochmal sehen würde?"

„Nur so'n Gefühl. ... Männer wie er können nicht aus ihrer Haut. ... Irgendwann wird er sich sicher wieder irgendwo einmischen. Da bin ich sicher. ... Und was machen Sie jetzt mit Ihren neuen Bodyguards?"

„Keine Ahnung. ... Da muss ich erst mal mit meinem Schwiegervater sprechen."

„Wussten Sie übrigens, dass Ihr Schwiegervater hier früher sogenannter Kulturattaché war?"

„Irgend sowas ... ja."

Und mit einem Seitenblick auf Lee Murasaki: „Ich wette, der hat hier früher spioniert. ... Aber natürlich ist das meine ganz persönliche, unmaßgebliche Meinung."

Mit einem weiteren Nicken verabschiedeten sich die beiden Beamten. Als sie das Krankenzimmer verließen, kam ein ganz in grün gekleideter Krankenpfleger mit einem Mundschutz vor dem Gesicht ins Zimmer. Hanson stutzte kurz. Dann setzte er sich mit einem breiten Grinsen im Gesicht seinen Stetson auf den Kopf.

Der Krankenpfleger half Daniel, sich etwas aufzusetzen und stellte das Kopfteil des Bettes ein paar Rasten nach oben. Danach zog er sich dicht neben Daniels Ohr den Mundschutz herunter.

„Ich schulde Ihnen was." Während Daniel ihn überrascht ansah, zog der den Mundschutz wieder vor's Gesicht. Niemand sollte ihn erkennen, bevor er sein neues Gesicht hatte.

„Und wie geht es jetzt weiter?", Daniel war ziemlich erschöpft und hoffte, die Unterredung würde nicht allzu lange dauern. Lee Murasaki sah ihn eindringlich an. „Du hast jetzt eine Verantwortung, mein Sohn. Du hast sie wieder erweckt. Sie werden niemand anderem außer Dir folgen."

„Dann sollten sie zuerst mal Englisch lernen, damit sie sich hier im Land verständigen können. ... Wir können sie ja kaum zurück nach China schicken. Dann müsste das Museum ja zugeben, dass irgendjemand es geschafft hat, von diesen unschätzbar wertvollen Figuren welche zu stehlen. ... Oder wie seht Ihr das?"

„Ganz Recht, Detective. ... Ich hatte draußen bereits Gelegenheit, mit ihnen zu sprechen", meldete sich Chang Lee zu Wort. „... Sie sind sich über die vergangene Zeit im Klaren. Und sie sind immer noch überzeugt, dass sie einem höheren Zweck dienen. Ob sie das in China oder in einem fernen Land tun, von deren Existenz zu ihrer Zeit noch niemand etwas geahnt hat, ist ihnen egal. ... Für sie ist es eine Frage der Ehre."

„Nun, mein Sohn, dann sollten wir ihnen so schnell wie möglich beibringen, etwas lockerer zu werden. Und neue Kleidung wäre auch nicht schlecht. ... Es wäre gut, wenn sie hier nicht ständig auffallen, wie der sprichwörtliche Bunte Hund. ... Ich werde mal meine Kontakte spielen lassen. ... Alles Weitere wird sich dann schon finden. ... Wie ich immer sage ... alles fügt sich genauso, wie es sich fügen soll!"

„Amen!"

X

In Washington war es dunkel geworden. Das Wartezimmer neben dem Oval Office wurde von einem fiesen Neonlicht taghell erleuchtet. Daniel stand am Fenster und starrte durch sein Spiegelbild hinaus in die Dunkelheit. Neben seinem erschien auf einmal das Spiegelbild seines Schwiegervaters. Obwohl Daniel wusste, dass er hier war, drehte er sich erschrocken um, wobei seine Schulterwunde wieder zu schmerzen begann.

Lee Murasaki führte ihn durch eine Tapetentür in der Seitenwand des Raumes direkt in das Allerheiligste der amerikanischen Regierung, das Oval Office.

Der Präsident erhob sich von seinem Platz hinter dem Schreibtisch, drückte Daniel wortlos die Hand und übergab ihm ein Dokument. Es war ein leeres Blatt Briefpapier des Weißen Hauses mit Stempel und Unterschrift des Präsidenten darunter. Daniel sah ihn stirnrunzelnd an.

„Das, mein Junge, nennt man eine Wildcard. ... Was immer Sie damit tun, ... setzen Sie es weise ein. ... Sie sind jetzt offiziell ein ‚besonderer' Mitarbeiter der Vereinigten Staaten von Amerika. ...Hier", er gab Daniel einen Ausweis, „ist Ihr Ausweis. ... Sie haben die höchste Sicherheitsstufe. ... Sie stehen jetzt auf **unserer** Gehaltsliste und wir werden von Zeit zu Zeit Ihre Dienste in Anspruch nehmen. ... Und da Sie in dieser Funktion nicht länger als gewöhnlicher Detective der Mordkommission arbeiten können", er reichte Daniel einen weiteren Ausweis, „ist hier ein neuer Job für Sie."

„Privatdetektiv?"

„Nicht irgend ein Privatdetektiv. ... Sie werden der erste und schätzungsweise einzige Privatermittler sein, der jemals die private Telefon-Nummer des Präsidenten im Kurzwahlspeicher seines Handys hatte." Damit gab er Daniel noch eine Visitenkarte, die völlig unschnörkelig nur eine Zahlenfolge auf einer Seite hatte. Irgendwie kam Daniel das bekannt vor.

Der Präsident reichte Daniel erneut die Hand und deutete dann durch eine Handbewegung an, dass er das Gespräch für beendet betrachtete und seine Gäste hinaus bat.

Lee Murasaki legte seinem Ziehsohn die Hand auf die gesunde Schulter. „Gehen wir nach Hause, mein Sohn."

„Was um Himmels Willen hast du ihm alles erzählt?"

„Ach ... So Dies und Das."

Mit einem Seufzer steckte Daniel seine neuen Dokumente in die Innentasche seines Jacketts und beide Männer verließen das Büro des Präsidenten in Richtung Ausgang, vorbei an diversen Aufpassern mit weißen Stöpseln im Ohr, die wie hin drapiert neben irgendwelchen Türen standen.

Fortsetzung folgt